時間河流

張綺凌◆著

你眷顧地，降下透雨

使地大得肥美

上帝的河滿了水

你這樣澆灌了地

好為人預備五穀

你澆透地的犁溝，潤平犁脊

降甘霖，使地軟和

其中發長的，蒙你賜福

你以恩典為年歲的冠冕

你的路徑都滴下脂油

滴在曠野的草場上

小山以歡樂束腰

草場以羊群為衣

谷中也長滿了五穀

這一切都歡呼歌唱

——摘自《聖經》詩篇65篇

目錄

時間河

時間荷

目錄

時間涸

時間合

時間河

之1

考卷

時間發下考卷
埋首作答
時而凝望前方
時而東張西望
看著一個人
走到台前
交卷了

埋首作答
時而竊竊飲喜
時而憂愁苦思
看著有些人
走到台前
交卷了

考卷

埋首作答

時而頓足捶胸

時而快筆湧流

看著有些人

走到台前

交卷了

問：考到幾時？

回聲：考完了就交卷

埋首作答

繼續作答

之2

夢想

夢想需要上路
堅持是軌道
準備是燃料
時間是火苗

夢想需要上路
鼓勵是軌道
支持是燃料
讚美是火苗

夢想

夢想需要上路
歲月是軌道
知識是燃料
智慧是火苗

之3

遇

無意間
遇見年輕歲月中的你
想你
必然嬌嫩

果然嬌嫩

宛如初綻玫瑰
羞澀初探花園

宛如燦爛玫瑰
引手微笑邀約

遇

疲累中的我

遇見玫瑰

遇見了你

之4

交會

光與暗的交會是和諧
黑與白的交會是清晰
我與你的交會是溝通
各式的交會形成世界

交會

之5

痕跡

行

在

時間與空間的對話

該用怎樣的方式

留下痕跡

痕跡

想像的文字　記錄出思想的跳躍

畫畫的筆觸　呈現出純真的思緒

話語的表達　刻畫出率真的性情

我熟悉用哪種方式

我嘗試用哪種方式

來刻畫出我的美麗

之6

寬廣

寬廣我的眼界，叫我看見上帝的傑作

寬廣我的信心，叫我看見上帝的預備

寬廣我的盼望，叫我看見上帝的信實

寬廣我的愛心，叫我看見上帝的恩慈

寬廣我的耐心，叫我看見上帝的憐憫

寬廣我的所為，叫我看見上帝的所是

寬廣我的所是，叫我看見上帝的所是

寬廣

之7

就是這樣喜歡

向來喜歡你的單純

向來欣賞你的純真

向來愛慕你的自然

臥在懷中　放心　自然舒展

站在面前　開心　自然歡笑

坐在旁邊

靜靜

自然體味

喜歡你所喜歡

欣賞你所欣賞

愛慕你所愛慕

向來就是這樣喜歡

就是這樣喜歡

之8

恩典

時間行過恩典河
飄出茉莉花香
小巧
香氣洋溢
散發四方

時間行過恩典河
露出價值觀點
正點
行事為人
拇指讚揚

恩典

時間行過恩典河

自然養成習慣

規律

高峰低谷

迎刃接招

時間行過恩典河

累積挫折成功

豐沛

全力以赴

培育生命

之9

希望

微光中

瞧

見

夢想

我看到希望

微光中

迎

見

夢想

希望

我迎向希望
微光中
撞
見
夢想

我迎向希望

微光中
落
實
夢想

之10

樞紐

只

有

一個

入口

只

有

一個

出口

情感

意志

慾望

都在這裡運送

樞紐

整裝

待發

生 發 力 量

之11

誰發現我的美麗

時間河
滿了
上帝的恩典
為
年歲的冠冕

新發感恩
因歲月走過
我的美麗
流過
留下

誰發現我的美麗

哪裡我可以抓住
唯有
繼續
前行

以
信心
愛心
盼望

時間荷

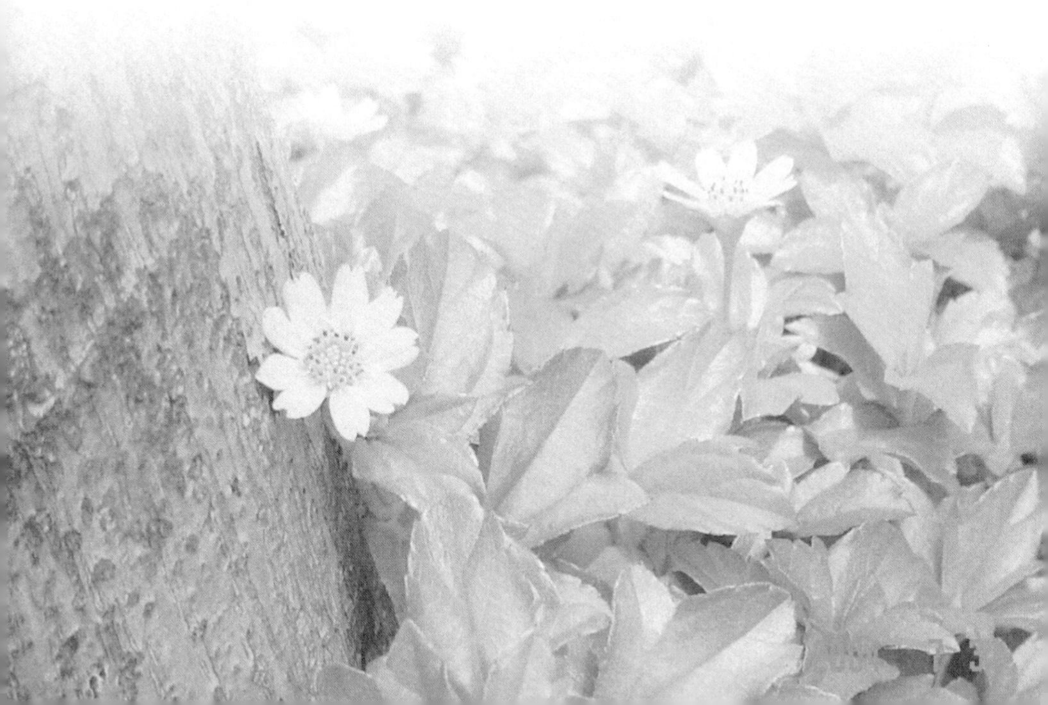

之1

動力能量

思念總將情感昇華

醞釀成甜蜜情愫

無意間

看到堅持的愛

享受自然交融

瞧

這愛正悄悄延伸到你心房

動力能量

之2

決定

這次不為你落淚了　因為心已關起。

這次不為你停留了　因為腳已上路。

這次不為你擔心了　因為你已走遠。

這次不為你怨恨了　因為愛已淡薄。

這次不為你　　　　不為你了

一再背叛說明了你的決定。

時間荷 35

決定

之3

討厭呢！

討厭討厭真的很討厭
討厭那個討厭一直賴在我身上
趕也趕不走
吞也吞不下
向左轉也討厭
向右轉也討厭
直直的叫它給我躺好
卻也令我討厭

我怎麼就這樣子給他揪著
這倒也叫我討厭

討厭呢！

喝口茶潤一下
一呼一吸中
感覺生氣十足

乍然，靜靜下來
是誰？
當中作梗
叫我青春歲月 竟此離家出走
恩嗯，深呼吸一下
笑笑人生多美好
再來一次
討厭也成了生命滋潤劑
真是難得的功課！

之4

別

隨時
都可能
離去

如何
揮
手
告
別？

揮 將記憶把包
手 將祝福留下
告 將寫下歷史
別 將進入未來

別

我想，留下手上的溫度，讓你感受溫暖
我想，留下臉上的微笑，讓你記憶永遠
我想，留下口中的祝福，讓你回味無窮

一場
必須排演的戲
心承載不了

情。

之5

豔麗

豔麗背後：

勇敢 必須
努力 必須
自我肯定 必須
讚美別人 必須

怡然搖曳風中
美麗的姿態
是
我
生存
樣式

豔麗

之6

錯過你，錯過今生的幸福

錯過你，錯過今生的幸福
真愛要等待

等 要用信心
等 要花歲月
等 要用愛情

我
卻用
投資報酬率盤算
決定放棄

錯過你，錯過今生的幸福

怎知
愛的價值
竟
如酒
日益濃厚

我
遙望
嘆
息

之7

選擇

想要問一問你，不知今夜你在哪裡？
聽到你的呼聲
自我心裡
強烈響起

我
尋尋覓覓腳蹤
不見蹤影

我
來來回回奔馳
沒有音訊

選擇

禱告中選擇

選擇以更多祝福編織對你的思念
選擇以更多禱告刻畫對你的愛意

之8

寶貝！真。的。對。不。起。！

那天，

自以為是帶走重要的東西

自以為是趕著重要的會議

那天，

臉色凝重覆蓋我

猛烈陽光捉住我

急促腳步催逼我

那天，

竟忘了回頭

竟忘了牽手

竟忘了保護

寶貝！
真。的。對。不。起。！

那天，

發現

哪

竟是我

時間洞

之7

同伴

如果　行在時間涸
該到墓園中走走
拜訪每一個睡著的人
看一看墓碑上寫出的碑文
看著墓碑上長出的青草
看一下墓碑所用的材質

輕拂你
臉龐
是
迎面而來的風
它也　同樣吹著每一塊墓碑
每一吋青草

同伴

你該用力呼
你該用力吸
感受到你的胸腔下沈的位置
感受到氣息流入喉頭的味道

你該用力呼
你該用力吸
呼出那些交換過的二氧化碳
吸入自然純新的空氣

有什麼觸動自心坎底出來
你要仔細聽：
這樣的乾涸
到幾時？

這樣的乾涸

誰允許它到來？

這樣的乾涸

將如何被豐滿滋潤

是我　牽著上帝的手行在時間涸

是　上帝牽著我的手行在時間涸

為這樣的乾涸感恩

因為我不孤單

我的上帝

也行

在這樣的乾涸中　　陪伴我

同伴

之2

爭奪

早晨仰望藍天

問上帝：「你怎麼看？」

前面的路　怎麼走？

內心深處的衝突

唯有自己願意交在上帝手中

才能解決

為何如此說呢？

因為罪行中的真我產生摩擦

爭奪

上帝阿！

我想和你談一談　我的掙扎

知道我還很有力氣

可以和你生氣

可以任由自己

恣意而行

但

我

擔心害怕

深怕

自己

做

錯

決定

我的心若無所求單單渴慕上帝的同在
我的心思意念將隨著上帝的水流思想運行
我的動作行為也因此顯出上帝工作的步驟

因我的心如何運作
我便成為怎樣的人
求上帝奪我心思意念
使我道路蒙上帝引導

爭奪

之3

塑

在時間涸中
乾枯地裂的痕跡
更看出時間的秘密

是它
揉塑成現在的我

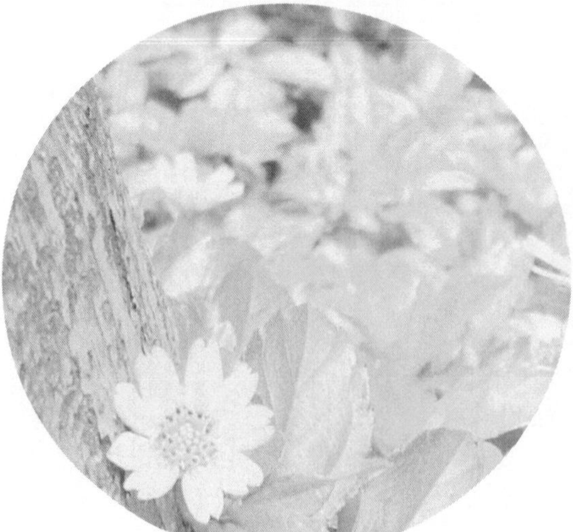

塑

在這乾枯的時間涸中

自省的能力 是　必須的

歡笑的能力 是　必須的

饒恕的能力 是　必須的

疼惜的能力 是　必須的

鬆手的能力 是　必須的

微笑的能力 是　必須的

欣賞的能力 是　必須的

阿Q的能力 是　必須的

大哭的能力 是　必須的

聆聽星星唱歌的能力　　是　必須的

陽光下擦乾眼淚的能力 是　必須的

黃昏漫步的能力　　　　是　必須的

有了這些

還要

起身

再上路的能力與行囊

而我

將

認真

度

過

時　間　涸

之4

再生

今夜我要告訴你：我愛你
不要畏縮，不必訝異
輕輕地從你背後侵襲
且讓你無法躲避

孩子
經過
這段時日 的 歲月功課
看到
在你
身上的
成熟與經練

再生

經練出人情世故
經練出 成熟 穩重 堅忍 的性情

孩子
放下吧
歇歇吧
到
我
這裡來
我
要
寶抱你

我是一直陪伴隨伺在旁的上帝

是保護你的永活主

是賜你生命氣息的創造者

是向來懂你、愛你的耶和華

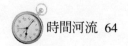

再生

之5

慈悲的愛

在文字中，發掘我的思慮

在文字中，沈澱我的意念

在文字中，醞釀我的愛情

漸漸

嶄新的自我浮現

走著走著

遇見美好的我

慈悲的愛

因這雙手

創造我

引導我

是

上帝慈悲的雙手

之6

堅持的愛

信念是什麼？

叫

我

有一種

能力

可以

堅持

堅持的愛

思念是什麼？

使

我

有一種

情感

堅持

愛意

喜歡繼續愛你的感覺

時間合

之7

生命下錨

四月二十三日
生命
駛進一個港灣
見
凝望我的你

下錨
停留
認識了你
相知
疼惜

生命下錨

眾人的祝福
見證下
我歸屬了你
你也歸屬了我
我
你
不再屬於自己
是你　住在我裡面
是我　住在你裡面

我的價值
因有上帝的容華
讓我為他展現風華

之2

奔

一直守候　在　你熟悉的地方
一直守候　在　你會經過的地方
一直守候　在　寫下歷史的地方
我的腳步　平穩
我的氣息　平順
我的思緒
為你停留

就要與你　相遇
就要與你　相知
就要與你　相惜
就要與你　相交

奔

與你交融　令我期待
與你交融　令我歡欣
與你交融　令我幸福

雖只相聚短短六十秒
卻是我
花
長時間
守候
雖然辛苦
卻甘心為你
因你是時針
我是分針

我跟你

一起

奔跑幸福人生

無論如何

我

是

跟

定

你

了

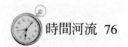

奔

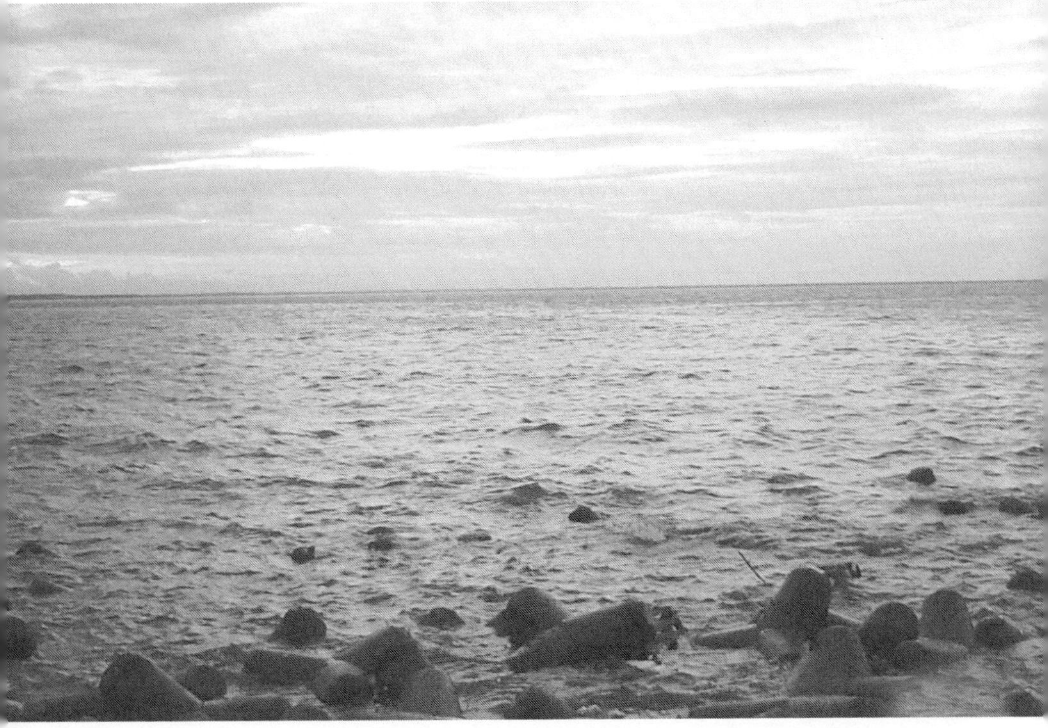

之3

喜歡

喜歡知道你思緒中有我，
更開心你的規劃中有我。

向來你是我的春天，想到你我微笑，
向來你是我的夏天，想到你我清涼，
向來你是我的秋天，想到你我浪漫，
向來你是我的冬天，想到你我溫暖。

青春歲月投向你，是一生美麗幸福。

喜歡

之4

遇見生命停損點

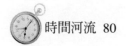

那一年，愛情清倉大減價，賣了
那一年，自我反省能力喪失，賣了

風　繼續　吹
雨　持續　下
時而柔軟
時而急促
滋潤著我
枯乾了我
我迎著風
頂著雨
風雨中
繼續
前行

遇見生命停損點

心想

何妨吟嘯且狂行

走過

生命停損點

遇見希望

遇見生命

之5

一體

你是時針

我是分針

一天交疊二十四次

相遇時間

總是 那樣短暫

但我們是一體

因我們存在寫下記憶

因我們存在刻畫痕跡

我們的忠實成為多人的見證

一體

必須合作

必須認真行路

必須殷勤每一腳步

因我們將是歷史的一部份

之6

和諧

當我與你的愛情擦間而過
空間換個氣息
時間移往前行

丟　　下

問題一
是物理變化產生
是化學變化影響
心靈的香氣
隨時間的延伸也揮發殆盡
我嗅不出你
你聞不出我

和諧

問題二

你的肩膀是我的倚靠

曾經

你的肩膀為我而強壯英挺

曾經

你的時間為我停留

曾經

這許多的曾經成了牆上美麗圖畫

可細細品味

可端摩幾番

來來

回回

在

你身上

當我與你的愛情擦間而過

空間換個氣息

時間移往前行

星星點燈的夜晚

點出

我心中

想給你

那份

和諧

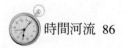

和諧

太陽笑得燦爛早晨
照出
我心中
想說出
那份
和諧

當我與你的愛情擦間而過
我祈求
和諧之氣
深耕
你
我
心田

之7

堅貞之愛

我想唱首歌給你聽

唱首我們的歌

歌聲中

蕩漾

你的純真

我的堅貞

我想唱首歌給你聽

唱首我們的歌

字句中

敲響

你的不安

我的堅貞

堅貞之愛

我想唱首歌給你聽

唱首我們的歌

曲調中

航向

你的眼淚

我的堅貞

我的寶貝

我對你堅貞的愛

是

宇宙間

永恆的真愛

我的寶貝

我再說

聽

我 唱 給 你

我們的歌

聽

聽

堅貞之愛

之8

茶的情歌

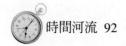

茶的情歌
是唱給
熱水
聽

熱水
發出
陣陣回應

茶的情歌

在時間
空間
的
交會中
成了
一口
甘醇的
好
茶

之9

遇見自己

越在反省中，遇見自己
越在調整中，遇見自己
越在欣賞中，遇見自己

越在獨處時，遇見自己
越在改變中，遇見自己
越在怒氣中，遇見自己

就是這樣
遇見自己
愛上自己

遇見自己

之10

悟

今天是特別的！

一早徐徐涼風沁入心頭
一改往常炎熱氣息。

路途中
看著往來人潮車輛，
心裡問：人的心想要的究竟是什麼？
是
財富？
地位？
權勢？
自我實現的滿足？
我想，這些都是人想要的，

悟

我呢，我想要什麼？

越來越發現我想要的不多

想到耶穌母親馬利亞

能在天使

對他顯現時

說：要懷孕生子。

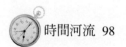

馬利亞竟以 ——
單純的心 —— 回應神
其實
不是
沒有難處、壓力、害怕
但因為她認識上帝的能力
她選擇順服

上帝也認識他所揀選的人是如何
美好的事就如此成了。

願我的心也能貼近天父的胸膛
與祂一拍即合
讓我為人處世進退合宜

悟

之11

靜合

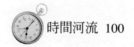

最近一直很想到海邊
很想走在沙灘上
感受沙
自腳縫中
流
去
的
實在

靜合

感受陽光灑在身上的灼熱

我

會

出很多汗

也會隨著時間的長久

喚起心中

若有似無

些許感受

我的心　也會

隨著風的追起而飛翔

我不想說話

不想破壞

這一切的寧靜

因

我

其實

正在

學習　安靜傾聽

學習　另一種愛情

此時

的

你

也在

我心裡

靜合

之12

愛你

多年來

我

習慣

愛你

習慣愛你

對你的愛

屬於自願役

因是我耶和華

甦醒生命

賦予意義

附加價值

我是「存在」愛你的本身

向來習慣愛你

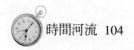

愛你

多年來

我

習慣

愛你

習慣愛你

對你的愛

屬於義務役

因是我耶和華

創造了你

計劃了你

成全了你

我是「必然」愛你的本身

堅持習慣愛你

之13

寶貝我的愛

是怎樣的你？　給我思念

是怎樣的你？　讓我愛你

是怎樣的你？　令我仰慕

是怎樣的你？　讓我調整價值觀

是怎樣的你？　讓我義無反顧

決定愛你一輩子

因為愛你一輩子都不夠表達我的愛意

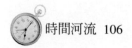

寶貝我的愛

是亙古存久至今存在的你，

給我思念

是默默一直愛我的你，

讓我愛你

是偉大接納欣賞我的你，

讓我仰慕

是以無比慈愛等候我回轉的你，

讓我調整價值觀

是十字架上愛我的你，

讓我義無反顧愛你

決定愛你一輩子

寶貝我的愛

因為愛你

是

我

忍不住的情感

上帝 讓我 寶貝你的愛

因你

更

寶貝 我 對 你 的愛

國家圖書館出版品預行編目

時間河流／張綺凌著. -- 一版
臺北市：秀威資訊科技，2005 [民 94]
面； 公分. -- 參考書目：面
ISBN 978-986-7263-03-2（平裝

851.486 94001777

語言文學類 PG0044

時間河流

作　　者 / 張綺凌
發 行 人 / 宋政坤
執行編輯 / 李坤城
圖文排版 / 羅季芬
封面設計 / 羅季芬
數位轉譯 / 徐真玉　沈裕閔
圖書銷售 / 林怡君
網路服務 / 徐國晉
出版印製 / 秀威資訊科技股份有限公司
台北市內湖區瑞光路 583 巷 25 號 1 樓
電話：02-2657-9211　傳真：02-2657-9106
E-mail：service@showwe.com.tw
經 銷 商 / 紅螞蟻圖書有限公司
台北市內湖區舊宗路二段 121 巷 28、32 號 4 樓
電話：02-2795-3656　傳真：02-2795-4100
http://www.e-redant.com

2006 年 7 月 BOD 再刷
定價：130 元

讀　者　回　函　卡

感謝您購買本書，為提升服務品質，煩請填寫以下問卷，收到您的寶貴意見後，我們會仔細收藏記錄並回贈紀念品，謝謝！

1.您購買的書名：____________________________

2.您從何得知本書的消息？

☐網路書店　☐部落格　☐資料庫搜尋　☐書訊　☐電子報　☐書店

☐平面媒體　☐ 朋友推薦　☐網站推薦　☐其他__________

3.您對本書的評價：(請填代號　1.非常滿意 2.滿意 3.尚可 4.再改進)

封面設計____　版面編排____　內容____　文/譯筆____　價格____

4.讀完書後您覺得：

☐很有收獲　☐有收獲　☐收獲不多　☐沒收獲

5.您會推薦本書給朋友嗎？

☐會　☐不會，為什麼？____________________________________

6.其他寶貴的意見：____

____

____

____

讀者基本資料

姓名：____________________　年齡：______　性別：☐女　☐男

聯絡電話：________________　E-mail：____________________

地址：____

學歷：☐高中(含)以下　☐高中　☐專科學校　☐大學

☐研究所(含)以上　☐其他_______________

職業：☐製造業　☐金融業　☐資訊業　☐軍警　☐傳播業　☐自由業

☐服務業　☐公務員　☐教職　☐學生　☐其他__________

請貼
郵票

To：114

台北市內湖區瑞光路 583 巷 25 號 1 樓

秀威資訊科技股份有限公司　　　收

寄件人姓名：

寄件人地址：□□□

(請沿線對摺寄回,謝謝!)

秀威與 BOD

BOD（Books On Demand）是數位出版的大趨勢，秀威資訊率先運用 POD 數位印刷設備來生產書籍，並提供作者全程數位出版服務，致使書籍產銷零庫存，知識傳承不絕版，目前已開闢以下書系：

一、BOD 學術著作—專業論述的閱讀延伸
二、BOD 個人著作—分享生命的心路歷程
三、BOD 旅遊著作—個人深度旅遊文學創作
四、BOD 大陸學者—大陸專業學者學術出版
五、POD 獨家經銷—數位產製的代發行書籍

BOD 秀威網路書店：www.showwe.com.tw
政府出版品網路書店：www.*gov*books.com.tw

永不絕版的故事・自己寫・永不休止的音符・自己唱